沼澤風

朱天——著

李瑞騰——主編

【總序】不忘初心

李瑞騰

詩社是一些寫詩的人集結成為一個團體。「一些」是多少？沒有一個地方有規範；寫詩的人簡稱「詩人」，沒有證照，當然更不是一種職業；集結是一個什麼樣的概念？通常是有人起心動念，時機成熟就發起了，找一些朋友來參加，他們之間或有情誼，也可能理念相近，可以互相切磋詩藝，有時聚會聊天，東家長西家短的，然後他們可能會想辦一份詩刊，作為公共平台，發表詩或者關於詩的意見，也開放給非社員投稿；看不順眼，或聽不下去，就可能論爭，有單挑，有打群架，總之熱鬧滾滾。

作為一個團體，詩社可能會有組織章程、同仁公約等，但也可能什麼都沒有，很多事說說也就決定了。因此就有人說，這是剛性的，那是柔性的；依我看，詩人的團體，都是柔性的，當然程度是會有所差別的。

「台灣詩學季刊雜誌社」看起來是「雜誌社」，但其實是「詩社」，一開始辦了一個詩刊《台灣詩學季刊》（出了四十期），後來多發展出《吹鼓吹詩論壇》，原來的那個季刊就轉型成《台灣詩學學刊》。我曾說，這一社兩刊的形態，在台灣是沒有過的；這幾年，又致力於圖書出版，包括吹鼓吹詩叢、同仁詩集、選集、截句系列、詩論叢等，迄今已出版超過一百本了。

根據彙整的資料，二〇一九年共有十二本書（未含蘇紹連主編的四本吹鼓吹詩叢）出版：

一、截句詩系

王仲煌主編／《千島詩社截句選》
於淑雯主編／《放肆詩社截句選》
卡夫、寧靜海主編／《淘氣書寫與帥氣閱讀：截句解讀一百篇》
白靈主編／《不枯萎的鐘聲：二〇一九臉書截句選》

二、台灣詩學同仁詩叢

離畢華詩集／《春泥半分花半分》（台灣新俳壹百句）

朱天詩集／《沼澤風》

王婷詩集／《帶著線條旅行》

曾美玲詩集／《未來狂想曲》

三、台灣詩學詩論叢

林秀赫／《巨靈：百年新詩形式的生成與建構》

余境熹／《卡夫城堡——「誤讀」的詩學》

蕭蕭、曾秀鳳主編／《截句課》（明道博士班生集稿）

白靈／《水過無痕詩知道》

截句推行幾年，已往境外擴展，往更年輕的世代扎根了，選本增多，解讀、論述不斷加強，去年和東吳大學中文系合辦的「現代截句詩學研討會」（發表兩場主題演講、十六篇論文），其中有四篇論文以「截句專輯」刊於《台灣詩學學刊》三十三期（二〇一九年五月）。它本不被看好，但從創作到論述，已累積豐厚的成果，「截句學」已是台灣現代詩學的顯學，殆無可疑慮。

「台灣詩學詩論叢」前面二輯皆同仁之作，今年四本，除白靈《水過無痕詩知道》外，蕭蕭《截句課》是編的，作者群是他在明道大學教的博士生們，余境熹和林秀赫（許舜傑／二〇一七年台灣詩學研究獎得主）都非同仁。

至於這一次新企劃的「同仁詩叢」，主要是想取代以前的書系，讓同仁更有歸屬感；值得一提的是，白靈建議我各以十問來讓作者回答，以幫助讀者更清楚更深刻認識詩人，我覺得頗有意義，就試著做了，希望真能有所助益。

詩之為藝，語言是關鍵，從里巷歌謠之俚俗與迴環復沓，到講究聲律的「欲使宮羽相變，低昂互節，若前有浮聲，則後須切響」（《宋書‧謝靈運傳論》），這是寫詩人自己的素養和能力；一旦集結成社，團隊的力量就必須出來，至於把力量放在哪裡？怎麼去運作？共識很重要，那正是集體的智慧。

台灣詩學季刊社將不忘初心，在應行可行之事上面，全力以赴。

朱天答客十問

李瑞騰

1、我注意到你的碩士論文比較葉維廉和杜國清的詩學，博士論文比較紀弦、覃子豪、林亨泰的詩學，一位都很複雜，更何況「比較」；請問你自己對現代詩的看法比較傾向哪一位？

答：

其實，我極為擅長自我懷疑；因此，儘管在碩、博班的學習過程中，足跡已初步涉及台灣當代詩學範疇中幾座重要而殊異的山峰：例如，最先支撐起歷史卷軸的紀弦、覃子豪與林亨泰，以及稍微後起且兼具學者身分的葉維廉和杜國清——但當回首觀照自身之詩創作行為時，卻仍不免一再思考，巨人所飽覽過的壯闊風景，便是我此後要走的征途？於是，儘管在詩學探索中，的確對自身所鑽研的對象產生過程度不一的景仰之情，但與其說自己最終的選擇是傾向於何者，倒不如更明確地說，透過前行者的身影，我更加篤定自己創作的核心信念，應是「象徵」、「美感」與「自然」。

簡言之，所謂的「象徵」，就詩學視角來看，「其確切涵義應代表了一種由具實可感之物（包括各式事物形象、語言文字等類似元素）到抽象主觀之意（例如情感、理知或美感）的特殊聯結關係」；[1]而對創作來說，以「象徵」為信念的意思是，我認為寫詩之整體過程，其實就是一趟由實到虛、從象而徵的傳導引渡。其次，既已將詩之創作等同象徵式的表現過程，則不得不繼續追問的便是，何者方為詩人欲使讀者充分體會、盡情享受的終極目標？對此，「美感」即是我心中的最佳答案——當然，此種觀點的建立，與葉維廉、杜國清所標舉的，「詩的核心是經由審美活動而產生的審美感受，亦可稱為所謂的美感經驗」，[2]可說是息息相關。

1 朱天：《虹橋與極光——紀弦、覃子豪、林亨泰詩學理論中的象徵與現代》（台北：秀威經典，二〇一八年十一月），頁一九五。

2 朱天：《真全與新幻——葉維廉、杜國清美感詩學研究》（台北：新銳文創，二〇

最後，以「自然」為創作之圭臬，亦與對葉、杜二氏之詩學研究有關：尤其是，當我發現「由於對詩核心的不同的詮解，導致在詩創作論的層次上，……兩人最大的差別，就在於對真全之尋求與對新幻之製造的不同堅持」時，不禁持續思索，難道重視美感呈現之新穎、幻變與強調審美經驗之真實、全面，洵為創作者無法突破的困境？所幸，回溯中國古典詩學時，我發現「自然」一詞或可作為同時涵容真全與新幻之創作傾向的特殊視角：因為，當周裕鍇指出「漢語的『自然』一詞和英語的nature一樣，實際上有這樣兩個涵義：一是指自然界、自然現象或自然規律……；二是指非矯揉造作、非人工雕琢的天真狀態」時，[3]對我的啟示便在於，杜國清所追求的詩之美感，從結果層面來看，確有人為加工的痕跡，但若就其最初之根源而言，不論如何創新、怎樣變異，不也都是詩人內心最為真誠實在的反映？故此，將「真」之範疇從物質世界拓展至心靈界域，並兼納這兩重真

一二年十月），頁八十七。

[3] 周裕鍇：《宋代詩學通論》（上海：上海古籍出版社，二〇〇七年十二月），頁三八六。

實所給予詩人的「自然」收穫，便是我從詩學研究中所體悟到的「自然」創作觀。

2、你在第一本創作詩集《野獸花》裡說：寫詩對你來說，是一條不斷鍛鍊的道路——（1）出發點是生命中原始如獸的那些單純、熱切與迷芒；（2）過程是反覆的雕鑿、逼問與壓迫；（3）結果是散發出幾許人性獨有的理想光輝和矛盾衝突。而當這樣的表現繫聯起人生，你說：以此為養料，在人生的道路上會開出幾許美善、幾許真誠與幾許，花。簡單說，寫詩會讓你的人生更美好？

答：

簡媜曾寫過：「當你恆常以詩的悲哀征服生命的悲哀，我試圖以文學的懸崖瓦解宿命的懸崖」，[4]如此敻美、如此宏闊的文句——當

[4] 簡媜：〈四月裂帛〉，《女兒紅》（台北：洪範出版社，二〇一四年五月，十七印），頁二十八。

然，詩與文學究竟是否足以征服各式悲傷與困境，我無從得知；然而，不管是從朱光潛在其美學經典著作中對「淨化」觀念的詮釋——「從亞理斯多德和柏拉圖所舉的「淨化」例子來看，可知『淨化』的要義在於通過音樂或其他藝術，使某種過分強烈的情緒因宣洩而達到平靜，因此恢復和保持住心理的健康。……總之，人受到淨化之後，就會『感到一種舒暢的鬆弛』，得到一種『無害的快感』」；[5]或是由近期在生命書寫議題獲得廣泛關注之暢銷作者的現身說法——「我所說的『改寫自己的人生』，沒有辦法提供直達的路徑，讓人一下子就從創傷回復到活力充沛的健康心理狀態，……但是，傑伊的自殺將我推向十字路口，眼前我有兩種人生可選：喝酒或寫作。感謝上帝，我選了寫作。事實證明，改寫自己的人生比琴酒好多了，……打造一部小說，能把你的痛苦、羞恥和快樂交織冶煉成情感與文字的黃金」，[6]都不難看出，不論是閱讀或創作，都確實對人有益。

5 朱光潛：《西方美學史（上卷）》（新北：漢京文化，一九八二年十月），頁七十三。

6 潔西卡・勞瑞（Jessical Lourey）著，張怡沁譯：《改寫你的人生劇本》（台北：

而就自身經驗來說，創作——尤其是寫詩——的美好，亦時與生命同在：猶記二〇〇八年初春，父親驟逝；此後，我便常將父後的悲慟、思念、憾悔，自我吐納、咀嚼成詩：

▽、無頭舞者

直到落日點亮一盞西懸的燈
樹的影子逐漸拉長像最輕薄的袍
無光處，將預約成今夜的舞台
根如雙腳併攏
曲折與橫斜，皆為手勢
在遠方的眺望中，一位舞者
擺脫被強行切斷的前世，翩然
躍動。儘管青春早已伐盡

（時報文化，二〇一八年四月，頁三十六—三十七）

頭顱隨著夕陽，滾落

〇、新生

嘈雜的痛之後
一位斬盡塵緣的樹，決定
出走，僅存的主幹即為天地間
必要的一筆：日夜是輪轉的背景
雲飄成隨意的印痕，風
流出迎面的神韻——
只有枝葉交換成想像的留白
無用之木，新生如畫

上述所引，為拙作〈變形〉的節錄，[7] 而此詩之成因，則是某日

[7] 朱天：《野獸花——朱天詩集》（台北：釀出版，二〇一四年五月），頁一一三—一一六。

當我心懷念父之情，又目睹台大台文所舊教室的拆遷與動工，遂將外景內延、內情外化，藉由工地現場樹木的折腰斷裂，象徵出關於死亡與生命的各式情思；而不管此詩在論者眼中之評價或高或低，對我來說最實在的收穫，即是隨著文字的鋪排與調度，我所真切感受之心靈的輕暢與明朗。

3、從《野獸花》到《沼澤風》，呈現出什麼樣的演變軌迹？

答：

二〇一四年的《野獸花》，其四十九首詩作代表的是從大學時期正式學詩起到婚前的早期創作積累；而五年後《沼澤風》的九十首作品，則約略涵蓋了自身在碩士與博士、高職與高中、專任教師與兼任教授，以及台北與台東等各式座標所輻射出的多層生活實相與生命境界。

換個角度來看，除了詩作內容折射出的真實人生之型態變化外，我更想要呈現出的演變軌迹，當然還是在詩作之整體風格與表現技巧上的精進：

朱天同學：來信及詩稿已收到，……讀完你的詩稿後，……我特別欣賞這樣的詩句：「公路飛行／車窗持續拉扯夕陽／不放」，既簡單卻生動，而又準確。……不過你有些詩，意象太過密集，甚至擁擠，句子有其獨自的創意，但句與句之間卻缺乏有機性的連繫。……須注意詩的整體結構，和語言的有效性和有機性，以免陷於「支離破碎」的危機。[8]

還有沒有什麼要叮囑的？確有一些；只是我一向尊重學生的自我，所以在有關詩創作這部份，願以建議行之：第一，是在表達理念或是宗教悟得之時，還宜使用譬喻，注意含蓄象徵，務必避免顯明。第二，是期成——古今中外詩家之所貴者在只屬於他一己的風貌之構建，盼望終能看到你的「朱式」而非「諸式」。[9]

8 洛夫：〈致朱天〉，二〇〇六年十二月十二日。
9 楊昌年：〈堅實與天矯〉，朱天：《野獸花——朱天詩集》（台北：釀出版，二〇一四年五月），頁十四。

上述兩段引文，分別來自二〇〇六年洛夫的回信，以及創作啟蒙恩師楊昌年教授替我首本詩集所撰寫的序文，雖相隔八年，但卻均可代表過往詩作書寫時，曾犯下的過錯——時至今日，我當然衷心期盼，自己在詩句的鏈接、結構的布局與風格的樹立，均已有所進步；然而，達成與否，只能交給讀者評斷。我，只能負責繼續寫出生命的詩意，繼續活在我寫的詩。

4、你以「詩」為「序」，〈沼澤風〉能說明你這本詩集的什麼？我覺得它設計性很強：「沼澤」和「風」既分寫又合言，從「身如沼澤／心卻風」、「心藏沼澤／身隨風」到「沼澤鎮壓風／風吹翻沼澤」，對應「身」和「心」及其相互壓迫摧殘。你要告訴我們：你的詩是這樣掙扎的產物嗎？

答：

〈沼澤風〉這首具有後設性質的詩，代表了我對第二本詩集，在美感風格上的整體期待。

因為，當我將詩作分門別類個別安置後，驟然發現，還需要替這五年多的寫作歷程，編織一條足以將之相互貫串、彼此連通的軸線；而在思緒沉潛中，我必須承認，詩作之矛盾張力，確實是我到目前為止仍醉心追求的目標——例如在首本詩集同名詩作〈野獸花〉之末尾，我便表述過：「扁平的野獸終能長成足以救贖足以創造的花」這樣的願望，[10]而與之相近而又更為濃烈且明確的訴求，自然便是〈沼澤風〉這首詩作的內容。

誠如李社長所言，「沼澤」與「風」，在這首詩中分別開展出我對於「肉身」與「心靈」的想像；而由「身如沼澤／心卻風」、「心藏沼澤／身隨風」到「沼澤鎮壓風／風吹翻沼澤」各自引領出的後續詩句，則逐步揭露了我所認為的「身」、「心」特質，以及彼此之內在連結狀態——而不論何者，我所希望呈現的都與《易經》當中「澤」、「風」相逢所形成的「大過」樣貌、極端狀態，十分類似。

總的來說，除了「掙扎」以外，「對比」而「和諧」、「衝

[10] 朱天：〈野獸花〉，《野獸花——朱天詩集》（台北：釀出版，二〇一四年五月），頁一六二。

突」又「並存」之矛盾張力，當可大致說明我對這本詩集在風格上的期待。

5、你的詩有難度。你有考慮讀者的接受嗎？

答：

若僅看前半句，我會將其視為讚美——因為覃子豪便曾直截表示，「難懂的詩，具有深度，作者將其真意隱藏在詩中，故其表現手法是間接而非直接，以象徵、比喻、暗示、聯想來構成詩底造型」；[11]而之所以如此，可能是因為所謂的「現代的表現手法」本來就「有著極強烈的壓縮力量，將詩質壓縮為不易咀嚼的東西，因而產生了難懂的因素」。[12]

11 覃子豪：〈論難懂的詩〉，《覃子豪全集II・論現代詩》（台北：覃子豪全集出版委員會，一九六八年詩人節初版），頁二九四。

12 覃子豪：〈論難懂的詩〉，《覃子豪全集II・論現代詩》（台北：覃子豪全集出版委員會，一九六八年詩人節初版），頁二九五。

然而，若審視李社長此問之全貌，我便會將其當作提醒——因為，儘管許多詩人都曾表示過，寫詩，最基本的要求便是為了滿足自我：像是紀弦之「所謂表現，便是『從我到我』……出發點之我決定到達點之我」，[13]以及林煥彰所說的「我的寫作，包括：為成人，也為兒童；更準確的說，是為自己；為讓自己免於庸俗和自我救贖，也因為人生太多缺憾，求得一點彌補」；[14]但是，由於「創作，無疑的是一種行為，像其他的行為一樣是某種刺激的反映。……是個人與他人、與社會、與世界：總之與他的生存環境互動（interact）的結果」，[15]故而詩人在執筆謀篇時，亦必須為了讀者的存在而調整自身之步伐。

13 紀弦：〈表現論〉，《新詩論集》（高雄：大業書店，一九五六年十月初版），頁二十二。

14 林煥彰：〈我的文學藝術觀〉，《寫詩，折磨自己——林煥彰的異類詩觀・詩論》（台北：秀威資訊，二〇一三年六月），頁十七。

15 柯慶明：〈試論寫作〉，《境界的再生》（台北：幼獅文化，一九九八年十月，初版七刷），頁八十七。

舉例而言，儘管我極為相信「詩語言的多義性可使詩意更為豐富。詩的價值大部分建立在『以有限暗示無限』上」——但因為「多義性大多出於一種暗示手法」故而仍須注意「運用得宜，便可豐富詩的內容，否則便成晦澀」之問題；[16]此外，雖然「真正的詩人是忠實自己的理想，爬向藝術的頂峯」卻也得格外注意「不能忘記如何獲得讀者的共感」之前提——換言之「詩人如何含蓄而不晦澀的來表現他的詩，這全在於藝術手法的高下」。[17]

凡此種種，皆是我在未來的創作路途上，需要更進一步深思與強化的環節；再次感謝李社長此問。

16 洛夫：〈詩與散文〉，《孤寂中的迴響》（台北：東大圖書有限公司，一九八一年七月），頁六十一。

17 覃子豪：〈新詩的比較觀〉，《覃子豪全集II・論現代詩》（台北：覃子豪全集出版委員會，一九六八年詩人節初版），頁二七九。

6、你分輯的考量如何？「輯名」從「人間」到「天糖（堂）」，似有規劃，而詩作能與之相應嗎？中間三輯：水、火、風，你命名之意如何？

答：

首本詩集《野獸花》之編排，主要是按照情、理、人、事、物之畛域，[18]隨類安放；而隨著自身詩觀之進一步凝聚，《沼澤風》之設計原則亦隨之轉變，改以「自然」為依歸，收攏一切所欲表現之標的：簡言之，就如同先民曾嘗試以天、地、山、澤、風、雷、水、火等八樣自然物象來匹配人事之變化、世界之運行，《沼澤風》之詩作分類，在大方向上亦取徑於此八者，進而再細部調整。

首先，山與地之具體涵義雖然有異，但卻又同由土所構作；更重要的是，透過大地、山巒之高低錯落、形貌萬千，除了能代表自然景

18 此靈感源於杜國清的「詩之四維」說，詳見氏著：杜國清：〈詩的三昧與四維〉，《詩論・詩評・詩論詩》（台北：台大出版中心，二〇一〇年十二月），頁三十六。

貌之多姿多采外，亦可象徵「人事」之複雜多變，故有「人間如谷」一輯之誕生。

其次，水之婉轉綿長、或柔或剛，自與「情」之特質差相彷彿，因此「水落　拾初」所含括的，便是生命流域中汨汨若水的縷縷情衷。再者，儘管同為情感之躍動，但由於其性質趨於激越、其筆調更為決絕，故而另闢一節，以「火焰之死　沼澤新生」為名，容納曾憤恨不平的瞬間，以及心緒寧定後的深邃與陰暗。

此外，生命中明朗、透亮的理念思緒，自亦有其不吐不快的緣由；而以「風」言其虛渺、藉「光」狀其洞澈，當可視為我對這些訴諸於理性呈現之詩作的最大期待。最後，除了關懷人世、注目自然與抒情說理，因為信仰，讓我知道世界之上還有世界，今生之外還有永生，故以「天糖」殿後，專容與福音思想相關的詩作。

以上，便是《沼澤風》在詩作排序規劃上的大致說明；至於各輯之內所放詩作之實際表現是否能與作者之預設目標若合一契，則仍待讀者細嚼慢嚥後，答案自現。

7、從詩題上看，具體的地名只有拉拉山、大武、淡水，對你來說有什麼特別的意義嗎？

答：

相信大家都能同意，不論是寫詩、散文或小說、戲劇，創作行為之開展，都帶有一定程度之神秘性，無法言喻、只能意會。而對我來說，瑞騰社長此問，概屬此類。

唯一能勉強回答的是，除了基於藝術表現之必要外，此三首詩題含有具體地名的作品，其創作背景、書寫緣由，皆富含充沛之感受衝擊：〈淡水清夜〉的書寫，早在大一時便有初稿；時至今日，雖然將近百分之五十的詩行皆有大改，但讀著這些字句，我卻好像還能聞到初嘗戀愛滋味時的不顧一切、純粹浪漫。

而就〈拉拉山〉來看，由於久居台北，位於桃園之拉拉山對我而言當然不算陌生；只不過，以往所專注的多為山嵐、星光、神木與蜜桃，但在那次的造訪中，卻突然被山區土石崩落、道路毀損與山體破壞等景象，奪去了心神。

至於成篇於喬遷台東後的〈大武　小憩〉，所乘載的便是一種因尋幽訪勝而生，微型的開天闢地之感：不論是觀海步道的隨山盤折、海景隨身，或是大武鄉金龍湖一帶所密藏的林波俱碧、天地靜謐，都在在讓人充分體認到冒險之雀躍與生活之驚喜。

8、你有一首1行詩；近十首3、4、5行詩。你對這樣微型的詩有何看法？

答：

以詩人的角度來看，詩，實無所謂微型或巨構之別：因為，「以有限象徵無窮」，正是詩之本然特色——故而就算詩作之字數、行數較為精簡，但只要能順利傳達出作者所欲表現之幽微心思，並讓讀者產生出自由無窮的閱讀感受，便已達到詩創作之目的。

而若直接以讀者的立場來思考，則所謂的「微型詩」，更有其存在之正面貢獻：因為，面對資訊如光速般流動的現代社會，大多數的讀者對於長篇巨構，皆較不易提起閱讀的興趣。因此，若真能透過微型詩的寫作、提倡——例如近年來由「台灣詩學」所推廣的「截句」運動——使更多人願意踏入詩的國度，不也是美事一樁！

9、〈紙婚〉一字一行，有何特別的考量？

答：

一般而言，「紙婚」代表了結婚剛滿一年之意：此時，進入婚姻模式的兩人，生活之步伐才重新調整不久，彼此的關係可能正薄如纖紙，需要小心對待、避免撕裂；但除此之外，若用詩的閱讀角度來看，由婚姻雙方所構築出的新生之紙，正因其潔淨純白，故而亦擁有最大的創作空間，可以留待往後的日子，盡情揮灑。

故當我們回到〈紙婚〉一詩的實際排版狀況來看，之所以要一字一行地橫向延展，主要原因便在於上述所提及的，希望讀者能在接收由單一文字並肩組成的詩作內容時，同時關注到由下方廣大留白處所延展出的想像天地與無窮可能。

10、壓卷之作〈基督是聖誕節真正主角〉是一首隱題詩，十個字依序是每行之首。台灣詩人有幾位有此試寫。你自己的看法如何？

答：

就目前文獻來看，一九九三年二月由爾雅出版之洛夫詩集：《隱題詩》，應可視為「隱題詩」此一特殊體裁之濫觴。

然而，須特別說明的是，正如向明所言，由於「現在的隱題詩不但每首詩有題目，且標明是『隱題詩』，而題目並不是隱藏在句字中，而是很顯明的排在詩的頭頂上，其實沒有『隱』，反而有『顯』」的技巧」；[19]因此，我心目中「隱題詩」的定義，應是詩人在單一詩作的範圍內，隱約微妙地再多題寫一首詩後，所達成的「以詩為題，寓題於篇；兩詩一體，隱詩於詩」之精巧表現。[20]

19 向明：《新詩五十問》（台北：爾雅出版社，一九九七年二月），頁七十三。

20 「以詩為題，寓題於篇；兩詩一體，隱詩於詩」之發想根源，主要是來自於洛夫在《隱題詩》書前所寫的自白；詳見氏著：〈隱題詩形構的探索〉，《隱題詩》（台北：爾雅出版社，一九九三年三月），頁三—四、九—十二等處之敘述。

而或許也是因為此種「隱題詩」之限制較多，故而自洛夫以降，依循此體創作之詩人所也屢見不鮮：例如蘇紹連、沈志方等人；但多半只是零星之作，而無法構成大規模、成體系的書寫風潮。

至於對我來說，「隱題詩」之寫作比起一般詩作之創發，格外需要無以名之的靈感相助——因此，我亦會特別珍惜能夠寫出「隱題詩」的機會，感激那形式與內容鏈接精巧、意念與文字渾然天成的片刻。

築虹的人
——序朱天詩集《沼澤風》

白靈

詩有時是人自我對話的一種方式，像是「外在我」與「內心我」共擬的、說服彼此「稍安勿躁」要繼續勇敢活下去的一紙「漂亮說帖」。「說帖」本是用來說服別人接受自己的觀點或想法，理應嚴謹且條理分明，但詩卻不，經常是點到為止的、指東卻說西的，甚至含糊不清、囈語或咒語式的，反正是「內心我」與「外在我」體認或感受到彼此在說什麼就好了。但無論如何，這個「說帖」都想盡辦法要說得「漂亮」。

如此當「詩的說帖」發表時，往往令讀者不是驚奇就是發狂，驚奇於語言之精簡、意象之新穎、想法之奇特或言人所未言，卻也可能發狂於咒語或囈語之跳躍難解、意象之晦澀生硬、想法之混雜繁複、所言只是已言之再轉。絕大多數的詩都介在這兩者之間，輾轉往復地尋求最佳詞語的落腳處。

朱天在這本詩集《沼澤風》之前已出版過他的第一本詩集《野獸花》，單單由兩本詩集的命名即可以看出它們都表現了朱天內在自我的矛盾與衝突，但其「說帖的方式」卻有了一些明顯的變異。

《野獸花》的「野獸」是隱藏的、具爆發性、不可控的、無常的突如其來的移動；而「花」是外顯的、具秩序性可控的安排、有常的固著一地、隨季節性輪轉，前者接近本我，後者接近超我，一旦兩者合成「野獸花」，則又將野性與獸性自我馴化：先是「我用繪滿想像的皮毛為祭品／向神換取火種／煉化犄角、趾蹼與傷痕／成就深刻成就美好成就／人」，然後「充滿形象的故事，從此成為每日的主食／奔波於世界的獸終於開闢出心靈的戰場／雙腳被壓力雕塑或可移動的根／吸取無處不在的挫折為養分，供給雙手向上／昂揚成榮耀的枝葉，結出文字的果／扁平的野獸終能長成足以救贖足以創造的花」（〈野獸花〉一詩末二段，見《野獸花》，二〇一四年，頁一六〇），由獸性（本我）漸趨人性（自我）、終得向神性（超我）看齊的「漂亮說帖」，其脈絡是清晰可追索的。

朱天將創作、情感與心靈的調和和統一，視為人向不同面向發的光，若真能夠如此，則「由獸而人而至花的昇華，自也是一道值得期待的美景、值得投入的志業」（見《野獸花》〈後記〉，頁一六四），顯然他將「野獸」的野性「人化」後融入「花」的有常和循環，視為「外在我」與「內心我」共擬的「最佳說帖」，卻也是一個詩人追索自我、鍛鍊身心靈的艱難工程，並非一蹴可幾的。

〈沼澤風〉則是二〇一九年這本詩集《沼澤風》的「序詩」，等於「開卷之作」，相對於〈野獸花〉一詩為二〇一四年《野獸花》的「壓卷之作」，剛好形成一有趣的對比。但此二詩「說帖的方式」卻極為不同，〈沼澤風〉顯然複雜得多，光由「沼澤」與「風」二者形象均具不定感就與「野獸」與「花」的對比有極大區別。

這首〈沼澤風〉可說是朱天「心理風景」的「說帖詩」，比起〈野獸花〉更讓人驚奇，要更人性些，對讀者也更具說服性。但因為也近乎一首哲理詩，故可能難以一次進入，必須略加琢磨，方能跟隨。此〈沼澤風〉共十八行，分九段，每段二行，全詩如下：

身如沼澤
心卻風

沼澤　找尋夠堅硬的梯
期待長高　擇日喬遷

風　封鎖體內的獸
期待靜靜喝紅烏龍不發瘋

心藏沼澤
身隨風

豐盛的廚餘默默歡聚　命運隨意烹調你我之後
微醺氣息如羽飄升　心靈的資源回收

人生的大風吹　專吹有洞的人
終究比微塵更微塵　我們不斷變態如昆蟲的一生

沼澤鎮壓風
風吹翻沼澤

以滿滿腐葉、凶鱷、毒氣鎮壓滿滿空無
以沉沉的贅肉修飾華麗的想像

吸一口大過恐懼的氣　唱一首大過未知的歌
最大最大的錯誤　風漸凍　沼澤飛行

這首詩的主旨應是這一行：「終究比微塵更微塵　我們不斷變態如昆蟲的一生」，「不斷變態」的原因是其中的兩個主角：「身」（沼澤）與「心」（風）的相互輾轉折磨、反覆掙扎，難有定數且不易安頓。作者要說的或是生命渺微，一切均是無常，卻皆如命定，永遠在身體與心靈的無法平衡中來來回回衝撞，沒完沒了。

首段前兩行即試圖將身與心做了定調，「身如沼澤／心卻風」，說的是身體本我的低下卑微卻包容一切、腐朽一切、又可重整一切，而心卻有「風的瘋」和不定感。接下來一段說身與心始終不寧，「沼澤」仍「期待長高　擇日喬遷」，以脫離卑下潮濕險暗的命運，而「心」則能「封鎖體內的獸」（性本能），「期待靜靜喝紅烏龍　不發瘋」，如此則能身心平衡、寧靜度日。然而不然，接著說「心藏沼澤／身隨風」，又處處危機，不甘身心二元，終究相互滲透，無法取得平衡。

接下來兩段四行，是說「命運隨意烹調你我之後」，將身心的「廚餘」和「資源回收」以前所未見之形式展示，令身飄心醉，分不清何者為是，宛如「昆蟲的一生」般不斷蛻變，是以末了「沼澤鎮壓風／風吹翻沼澤」，形勢全然翻轉、不可控制。詩的末四行則形容其極致可能超乎原有預期，「腐葉、凶鱷、毒氣」橫行，「沉沉的贅肉」拖累身心，末了若未能收心回籠，執意而行，有可能「風漸凍沼澤飛行」，身壓逼心，全盤混亂，難以回頭。

此詩是「心理我」（心／自我／現實原則）與「生物我」（身／本我／快樂原則）的相互糾葛、衝撞和辯證，全然未涉及道德層面的「社會我」（超我），那並非不見，而是隱而未發，避免與之正面衝突、遭受嚴厲的譴責。顯然，後來的〈沼澤風〉比起之前的〈野獸花〉進行了更深入的自我探索，知道自身感性中最深層的需要為何，為了撫慰它，不得不壓抑理性、甚至暗中合理地揚棄乃至解構道德（超我）的干擾。如此行之，往往需要「吸一口大過恐懼的氣　唱一首大過未知的歌」，卻有可能轉錯了彎，越界超車，突生悲劇。這像是一首「自警詩」，貼在卷首門口，自惕自厲。

朱天這本詩集基本的調子大致都承繼了〈沼澤風〉的自我追索而來，不論沼澤或風，均有強烈的邊緣性格、自低向上仰視或映照或拂過天際的特質，是閃閃爍爍、抓不住、把不定的，隨時「比微塵更微塵、不斷變態如昆蟲」的，像霓如虹，不在東即在西，永遠不想站在中心，站不了中心，靠在邊界、隨現即逝的。他像是在「沼澤」與天空吹動的「風」中「築虹的人」，要連結那不好連結的身與心、地與天的兩端，如下列詩作部份段落中出現的虹或霓虹的意象：

我在邊陲　思考
關於風雨的故事
閉目之後
彩虹般的聲線交疊成潛意識的床
詩　在
黝黑之中

風吹砂
彩虹截肢
山巒熔化成沼澤
天空藍被雲與塵稀釋
再也沒有樹洞可以發問
再也沒有紙張需要繳交

——（〈黝詩〉）

再也沒有夕陽給的溫暖
再也沒有姓名需要高舉

——（〈終輟〉）

春天戴雪花
夜的裙襬別上不規則霓虹
錯置才時尚

——（〈霧讀〉之〈肆〉）

大日煌煌
樹蔭是汗水與渴望的專用道

晚風淡涼
霓虹是今夜
最後的秘徑

——（〈路〉）

〈黝詩〉雖是聽音樂會當下的感受，卻有強烈的邊緣感，「彩虹般的聲線交疊成潛意識的床」，「彩虹」恍如構築了「潛意識」，令「黝黑」都多彩起來，詩由此引發生長而出。但若無「邊界」和「風雨」，這一切皆不可能，如此「黝」就有如風雨所下注灌聚的「沼澤」了。〈終輟〉一詩用的詩題不是〈中輟〉，顯然有終於停頓不前之意，「風」吹起砂，「彩虹」截了肢，山巒都熔化成「沼澤」，一切恍如皆被「沼澤」所把持，一切像是走到某個關鍵點，「再也沒有姓名需要高舉」，有如要重生或轉換跑道之意。「風」、「彩虹」、「沼澤」三者顯然成為朱天重要的生命象徵意涵。〈肆〉一詩的「肆」字應是「肆意」乃至「放肆」之意，「春天」理應不戴「雪花」，「夜」理應不出「霓虹」，除非是人造的「霓虹燈」，此小詩說的是「錯置才時尚」，是有心「肆意」而為，但均停留短暫，有即是好，不計結果，而「不計結果」正是「築虹的人」建構生命工程很重要的信條。〈路〉一詩說「霓虹是今夜／最後的秘徑」，不論是天然或人造，有即是好，要不計結果，也可如是觀。

一個可把自己打回原型，承認自身的弱點，勇於面對內心的險巇陰暗，其實是更成熟的人格，有如打通內在各個以前過不去的關卡，反而可以獲得更多「內心英雄」的幫助，讓自己處於「全身總動員」的狀態，令自己的腦、心、身與動作、情緒、精神匹配一致，此時即使失敗都不是失敗、低潮也不是低潮，能容納的反而更多，如下列詩作所展示的：

與失敗共舞
皮膚　最時尚的盛裝
自信站在世界邊緣
紅線之前　跳轉半圈
緊急煞車　身體是搖晃的驚嘆號
意義的冠冕堂皇戴上　當
赤裸裸地右手古典
左腳搞笑

——（〈勇者〉）

在黑暗中捕捉
特殊的彩
憑藉無法被現實翻譯的溫柔

連偷吃自己午餐的烏鴉
都能喚醒欣喜
樂於跟帶來驚嚇的蛇為友

被人造的天堂開除
一眼藏匿熱情一眼收納瘋狂
在真相中蹣跚
……（中略）
用肉體的低谷栽種藝術的桂冠
用從未享受過的讚美榮耀整幅歷史

用快跑的姿態驗證流星的矛盾
……（下略）

——（〈Oh Vincent〉）

前一首說的是「失敗」何妨與之「共舞」，在「邊緣」「紅線之前」自信地「跳轉半圈」，只要看清「身體是搖晃的驚嘆號」，「意義的冠冕堂皇戴上」又有何妨，因只有「赤裸裸地」面對自己最重要，此時要「右手古典／左腳搞笑」就輕而易舉了，只因「不計結果」方是「勇者」。〈Oh Vincent〉一詩有借梵谷處於人生低谷、卻能堅持創作自勵自況，即使「在黑暗中」依然能「捕捉特殊的彩」，「連偷吃自己午餐的烏鴉／都能喚醒欣喜」，則一切皆能欣然接受、處之泰然，能如此，最低劣的「低谷」都不再是低谷了。

再比如下列兩首：

人是礁岩　生命的交會不過浪花
趕著赴宴趕著穿脫複雜的禮服

趕著逃亡趕著當眾騰躍
把自己跳成最輕巧的貓
丟球　從東到夜從日到西
踩踏對偶般的步伐前進
波濤緩緩被夕陽凝固成金磚
晚霞一邊走著最低的路一邊唱著羽毛的調

——（〈一室星海〉）

現實未醒　夢仍鮮活
旭光溫柔燒灼　壁虎竄出夜幕的破洞
蟄伏於山巖與時間的夾層
日輪緩緩逼近　深灰皮膚被碾成石屑
忍受不斷磨擦出的疼痛與崩裂
滾成滿載土泥沙礫的卑南溪
灌溉出堤岸內外一切繽紛
用盡全身力氣奔向低於現況低於想像的終點

海　以近乎永恆的曲調不斷規勸
愈卑下　愈偉大

——（〈夜行動物〉）

〈一室星海〉寫的雖是鋼琴獨奏會的側記，說的卻是心境與跳動的音符無異，要「趕著逃亡趕著當眾騰躍／把自己跳成最輕巧的貓」，即使「波濤緩緩被夕陽凝固成金磚」，但不受拘束的「晚霞一邊走著最低的路一邊唱著羽毛的調」，心志自由感的追尋一直是朱天詩中的主調。而他常常面對的卑南溪有如〈夜行動物〉，充滿生命感，要如此溪之宛轉蜿蜒，「忍受不斷磨擦出的疼痛與崩裂」成了他學習的對象，尤其是末三行：

用盡全身力氣奔向低於現況低於想像的終點
海　以近乎永恆的曲調不斷規勸
愈卑下　愈偉大

「低於現況低於想像」、「愈卑下　愈偉大」均隱含了沼澤的影子，對朱天而言，就像每天要面對的身體，那是起點，也是終點，不回避，永於面對，直到能與之取得平衡，是朱天在這本詩集中一再提出的重要課題吧？

對朱天而言，「人生是抽象畫計畫是變形蟲」（〈拉拉山〉），何況他是「築虹的人」，虹築至最天頂時，可能只一瞬就糊了，如「日／至／頂／峰／只／一／瞬／／搖搖晃晃　就過了」（〈長生〉），往往來不及拍個照留個念，高潮已逝。只因我們往往「為何劇本闔上　才懂獨白」（〈無題：眾裡尋她千百度衣帶漸寬終不悔〉），如果能明瞭「路皆會走成掌紋／把對方的髮種成松針　在夢中／以嘆息保濕　以歡欣施肥／等待枝葉如心事散開」（〈止慟〉），那麼就能把「時間匍匐成紙上不滅的畫」（〈人〉），心懷感激，領會到「每一片碎玻璃　都有／專屬的一點　光／亮在眼的俯視」（〈恩點〉），人生即可無憾了。

一如他在〈自燃〉一詩中所說：

滿天繁星不為我而亮
用筆尖鑿心　迸發
微火點點　鍛燒
宇宙的贅肉

「贅肉」是看不慣的人情事物，即使個人「微火點點」，也要「用筆尖鑿心」予以點旺，將世間「鍛燒」個乾淨俐落，發不發得出「彩虹般的聲線」就沒有那麼重要了。而「詩」就是他築的「虹」，這本詩集就是他對自己也是對塵世最新的「說帖」，需要讀者費一點眼力，耐下心來細細品嚐。

最重與最輕

——序《沼澤風》

方群

認識朱天是從書桌前《真全與新幻——葉維廉和杜國清之美感詩學》（台北市：新銳文創，二〇一三年一月）和《虹橋與極光——紀弦、覃子豪、林亨泰詩學理論中的象徵與現代》（台北市：秀威經典，二〇一八年十一月）這兩部現代詩學著作開始的，如今手邊攤開《沼澤風》，彷彿看見朱天一路從師大、台大到政大，也從國文、台文到中文，既是學者也是詩人的他，似乎也走上了研究與創作齊驅並進的不歸路。

繼《野獸花》（台北市：釀，二〇一四年五月）後，《沼澤風》是朱天第二本詩集。就詩集的初步印象言，首先在詩作的命題，有超過九成的題目都「控制」在四個字以內，可見詩人命題是以相對寬泛的方式總括（或是留給讀者較多想像、詮釋空間的可能），而這也與作者個人意識與表達理念相互印證。題目是提示文本的重要關鍵，然命題可詳可略，詳者對詩作可以註解發揮，略者則能暗示猜測，於此並無高下良窳，惟以個人的匠心為本。

其次在詩作的行數，詩集裡二十行以內的占絕大多數，而十行以內尤為大宗，可見詩作內容多以點線的觸發為主，對於大敘事或較長篇幅的建構，似乎不是這本詩集的主力所在。

接著在詩作的內容，全書分：「人間如谷」、「水落　拾初」、「火焰之死　沼澤新生」、「風　醒於光」和「天糖」五輯，其順序剛好是從「人」開始，歷經「水」、「火」、「風」等現象，而至於「天」，這也顯現作者以詩修行的歷程。所以不論是花草樹木或芸芸眾生，都是詩人的關注對象，尤其在人物、地景與生活等取材，更是朱天刻意經營的板塊。

額外值得注意的是，朱天詩作似乎酷愛整齊的形式安排。集中二行的組成特別多，三行的數量也不少，而對比式結構更為可觀。至於在修辭的表現，重複、對比、類疊、譬喻、比擬等，也是屢見不鮮，且朱天喜用「諧音」更是處處可見，如輯名「水落　拾初（石出）」與「天糖（堂）」，詩題〈愛擬（你）一萬年〉、〈忽稀（呼吸）〉、〈霧（誤）讀〉、〈終（中）輟〉、〈髒畫（話）〉、〈芭蕾（爸累）〉、〈恩（點）典〉。另外，將〈心上刀〉合為「忍」，或藏頭的〈基督是聖誕節真正主角〉，以及〈紙婚〉的單字橫列，〈魚市〉的固定形式，都是作者寫作技巧的具體展現。

總的來看，朱天在《沼澤風》展現的是民胞物與的胸懷，以及積極入世的態度。現實的困頓從未減少試煉，但從「身如沼澤／心卻風」，到「心藏沼澤／身隨風」，再到「沼澤鎮壓風／風吹翻沼澤」，終至「風漸凍／沼澤飛行」。作品不僅僅是詩人身心的救贖，更是一種無處不自在的自由姿勢，這是最重的承擔，也是最輕的超越。

什麼樣的沼澤裡與會有什麼樣的風呢？在朱天的詩集裡，我們可以尋找，可以思考，更可以自由自在地體會與發現。

序詩：沼澤風

身如沼澤
心卻風

沼澤　找尋夠堅硬的梯
期待長高　擇日喬遷

風　封鎖體內的獸
期待靜靜喝紅烏龍　不發瘋

心藏沼澤
身隨風

豐盛的廚餘默默歡聚　命運隨意烹調你我之後
微醺氣息如羽飄升　心靈的資源回收

人生的大風吹　專吹有洞的人
終究比微塵更微塵　我們不斷變態如昆蟲的一生

沼澤鎮壓風
風吹翻沼澤

以滿滿腐葉、凶鱷、毒氣鎮壓滿滿空無
以沉沉的贅肉修飾華麗的想像

吸一口大過恐懼的氣　唱一首大過未知的歌
最大最大的錯誤　風漸凍　沼澤飛行

〔目錄〕

輯一

人間如谷

勇者

與失敗共舞
皮膚　最時尚的盛裝
自信站在世界邊緣
紅線之前　跳轉半圈
緊急煞車　身體是搖晃的驚嘆號
意義的冠冕堂皇戴上　當
赤裸裸地右手古典
左腳搞笑

之後

請原諒我不敢回頭
當對話表面早已霉花朵朵

杯中白色的粉　之後唯一的糧
你　比半杯奶還瘦

以花瓣之姿
記憶　自鐵窗縫隙墜樓

攝取過量醣類與血壓之後
手指顫抖得比牆上指針還快

眼球漏氣：白白白白白白白
世界　淹沒於無彩的海
雪……下了　把燈轉暗些
當你殺過長長一生　之後

影母

盆地燈火懶懶睡去
山外有人
仍匍匐尋覓髮的屍體　塵的足跡

指揮抹布、手掌與背影協力擦拭出
平原漫漫　生活漫漫
時鐘貼壁肅立　默記煩惱滅亡的進度

擦去如塵的爭執　回聲自背後偷襲
拭淨眼前的黑　地板長出一張新臉
有髮　同樣鬱結

清潔過一片又一片夜
白日的眼神　格外空洞
直到面臨瓷磚隙縫　恍如峽谷

彼端　一碗她從未品嚐的繁華城市
窗口　持續報導遠方
風與霾之攻防

嘴角喃喃長成
九重葛　貼覆危牆
當彎了一輩子的弓懶懶舒展

冷汗溼透朱紅的旭日
她仍賴在影子裡
不肯投降

pm

背脊如柳條
心靈的門窗四閉　拒絕灰塵恐攻
呼吸　無法抵達缺氧的感性細胞與理性臟器
自尊髒如水溝　從不被水洗禮
世界暈眩　賀爾蒙逐步退場
人生響起尾奏：
腐壞的起點　像被關進冰箱滲出臭水的西瓜
我的ｍ　ｍ
他的Ｐ　Ｐ
人人都邂逅過的漸弱聲音　黏膩
期待時空狠狠切斷聯繫
血緣之距離　倫常之框架
我恨你　如同徒手捶擊山壁

天不會崩　地不會裂
幸福不會老　當我們被寫成一首永不於人前朗誦的詩
你的強悍與瘋狂　在暗處
我依舊以微冷的笑回擊　直到
鐘聲宣判

Oh Vincent

在黑暗中捕捉
特殊的彩
憑藉無法被現實翻譯的溫柔

連偷吃自己午餐的烏鴉
都能喚醒欣喜
樂於跟帶來驚嚇的蛇為友

被人造的天堂開除
一眼藏匿熱情一眼收納瘋狂
在真相中蹣跚

畫一隻能陪小孩說話的雞
在謊言中作夢
拉著星月跳圓舞曲在紫藍色天空

跳上曲折如波浪的火車
練習田野與子彈的共鳴
一塊石頭的憤怒激起滿天烏鴉的飛翔

顏料藏匿子彈
從最低的向日葵找到通往夜之捷徑
色筆畫不出情感的圖像

用肉體的低谷栽種藝術的桂冠
用從未享受過的讚美榮耀整幅歷史
用快跑的姿態驗證流星的矛盾

喔　當我試圖旋轉試圖走進
文字難以描繪的魔幻
森林　包容不夠挺拔的信心

一室星海

瀑布傾瀉　當妳以目光點燈
一琴　一樂團
一鍵　一粒星
用盡全力的嘆息　隱隱自月球背面升起
慢板的禱告　妳搖頭
嗟惋　時光如潮
人是礁岩　生命的交會不過浪花
趕著赴宴趕著穿脫複雜的禮服
趕著逃亡趕著當眾騰躍
把自己跳成最輕巧的貓
丟球　從東到夜從日到西
踩踏對偶般的步伐前進
波濤緩緩被夕陽凝固成金磚

晚霞一邊走著最低的路一邊唱著羽毛的調
暖色系寶劍不時穿透雲縫
輪指噴湧清泉
傾訴半鬱半奇幻的傳說
終於　妳將天花板彈成大氣層
手指起落
流星舞空

*註：二〇一七林育丞鋼琴獨奏會側記。

夜田

戴上笑容妳倒敘
綻放了無數夏日
蓮池郁郁如何開
落成垂首的田穗

靜夜任涼風撫弄
路燈被持續電擊
人間是繁星倒影
繞寺疾走的灰衣
愕然遺忘　今夜

繞　　　　圓
幾　　　　度

魚市

腳步成幽幽的魚　當都市被雨淹成熱鬧的水族箱
游離在起點和終站之間　繞過鯊魚般的四輪生物
路燈僵硬如死了不知多少光年的白珊瑚　以魚鰭
平衡　潮流與經典的方向水溫與體溫的交集　趁
希望還沒被冷酷的齒牙獵取　在陰暗的海底斷層
租借小小的窟豢養每夜的睡眠　幸好風吹入窗口
風吹入氧氣與勇氣循環悲觀的靜脈與自信的動脈
表層記憶　被劇烈矛盾消磨到鋒利如刺薄如魚皮

搬家

夢　須先行出清

眼窩孕育海
波中唯有床狀之島
枕邊流淌的小河必須截斷　在天空
昏黃之前　在紙箱與塑膠袋
尚未饜足之前　暗灰雜草長滿
鼾聲之流域　以溫柔安撫
暴躁的塵蟎　以紙箱折出
無數黑洞　收納記憶

火紅的奔波
水藍的幻想

地板從超耐磨變成超現實
窗戶模糊如失智長者
打呼熾熱
鳥鳴兩三曲　微涼
家　搬演不休的夢

阿公的小白屋

老屋之斑駁　太陽烘烤
蒸騰起雲一般的嘆息　藍天接納
老人離去　矮椰樹揮手相送
白牆上歲月潑墨　情侶自拍

溶溶

橘子汁盪開漣漪　在山緣
微笑出的弧線　染透沉沉欲睡的雲
池塘害羞地盜印天色
颱風、火龍果與蟬都愛唱熱鬧的歌
夕陽醉成路口高懸的紅燈
夏夜的休止符　海風吹送

夜行動物

躁動整卷白晝的水波　落日安撫
上下游所有色彩漸漸收斂
沿孤獨
卑南溪暗暗潛入橋上疾駛而過的瞳
進駐今夜睡眠的角落
宇宙默默注視　夢中河流用兩岸抓緊地殼如同壁虎牽掛牆垣
千年如一瞬
黑暗統治下繼續以魔術師的韻律游移
思索燈滅後色彩是否存在　戒備害蟲般的夢魘
關注鼾聲漲退　腦波蕩漾

現實未醒　夢仍鮮活
旭光溫柔燒灼　壁虎竄出夜幕的破洞

蟄伏於山巖與時間的夾層
日輪緩緩逼近　深灰皮膚被碾成石屑
忍受不斷磨擦出的疼痛與崩裂
滾成滿載土泥沙礫的卑南溪
灌溉出堤岸內外一切繽紛
用盡全身力氣奔向低於現況低於想像的終點
海　以近乎永恆的曲調不斷規勸
越卑下　越偉大

大武　小憩

用盡半條熱帶
圈出一片寧靜谷
太陽偷偷灑落鑽石　在海面
反射午後　鳥鳴氤氳
嚮往翅膀的夢　把涼亭當作巢
放手騎一段山路　做一隻閉目的蝶
返身才發現　心頭重擔隨汗流出
蒸發成山邊雲

習慣與遺忘
人類　最大的武器

鹿野舞陵

緣風行　鹿在白日與綠蔭的爭戰中撒野
一路下坡的除了河　還有夢
夢是沉重的錨　追尋的起伏需要定位
教堂在右　監獄在左
很久沒吃飽的吊橋呆呆望著瘦成縫衣線的溪
黃金風鈴木在前　殘梅在後
鳳梨的頭髮交織成貼地的彩虹
我們在季節的間隙　穿梭午後的畫廊
品嚐森林的書展
舞動慣於立正慣於等待的山陵

金崙偶語

雲在山頂懶懶呵欠
時間的脊椎一節節伸展

排灣族的黃金城在吊橋彼端暗暗閃光
現代口味的蛋糕　酒釀

小米的哲學：越飽滿越沉默
越沉默越醉人

田中央阿婆戴斗笠甩鞭炮
痲雀不甘願地替矮矮的煙火鼓掌

黑狗吠出山路轉角冷冷的陰影
白榕樹貼壁壓腳背準備跳芭蕾

十一月紅藜枯枯站成晚霞的尾韻
熊耳草紫是淡淡花著春的下半身

河畔石縫緩緩吐氣
一輛輛軟軟的車載著遊客回家

海是地心日日熬煮的溫泉
月亮不上班　泡湯

拉拉山

1

誰拉扯道路
比樹根曲折　比藤蔓
起伏　膨脹
如午後巒間霧
壓縮似遙遠遙遠的峰頂屋
當車輪與車輪視線與視線連成單行道
山路滿載
朝拜神木的蝸牛

樹的皮膚誰拉開
木的腳印誰拉開
秋實與夏葉的血脈誰拉開
山林與都市的基因誰拉開
腳步聲中火光誰拉開
風景區的風景誰拉開

誰拉　垮山
碎石落　成地雷
樹洞流瀉　銀河
雷陣雨是分　離的前奏
春無茶夏缺桃　秋少楓冬欠筍
凹陷的傷口長出　塞滿群山的空虛

2

拉近髮尾與酒窩的是誰
沉默是砂礫交談是階梯笑是涼亭
拉近雲朵與山谷如積木相嵌的是誰
筷子圍著桌菜青山圍著背影
拉進相片的是誰
姿勢巨木般生長情緒年輪般虛胖

誰與指針拉鋸
手掌握不住時間
順時鐘逆時鐘回憶旋舞
向左轉向右轉現實暈眩
日光總跑在目光之前
人生是抽象畫計畫是變形蟲

誰拉高終點　讓鞋痕沉澱
不夠豐厚的雲只能漂浮
熟睡不夠的果無法登台
拉高仰望　直到天光
如繩索垂降

遯

早起的隱士
將炊煙吹成昨晚的酒嗝
思索　漫步
始終不解藍天怎能不被刺破當山以劍為峰
當　夏日蟬噪
洶湧成青春期的孽子

山湖新夢

蝴蝶拍動雙眼
湖光重生　似山外多彩的雲
微亮如玉　丘陵沉睡湖底
蘆葦垂釣夢

輯二

水落　拾初

水草之舞

日光之外　群草漫舞
枝葉偷偷搔癢　喚醒休眠的火山
最低調的根也想向世界直播
長成富有朝氣的標點符號
注解聲納深處
水的微言
海的大義

長生

一齣全無配樂毋須換鏡的電影　在你遺漏的角落
鴿子起落嬉戲　撥弄歲月的殘渣
輕輕跳躍的風　塗鴉午後

一首注定漸弱的安魂曲　以將敗繁花妝點
旋律下行　手之垂落
等待散場等待閉眼等待黑白鍵在緊閉琴蓋內自發起舞

懷念那些咀嚼苦難消化無助吐出星星的良辰
光芒燦爛啊　絕美又綿長的一生
燭火足夠取暖　當我逐漸被縮限成小寫的字母

日
至
頂
峰
只
一
瞬

搖搖晃晃　就過了
最後的樂句　喉中頑固而延長的母音
無人知曉死亡的容貌　劇痛與屈辱是人間典藏的素描

獨唱

近午夜時間稀薄我是井引吭欲訴

黝詩

我在排尾　傾聽
童言　壯語　陳釀
合一　彷彿世界都已折入耳朵

我在和聲中追求
比淚水更透明
比笑靨更寬厚
時空被唇齒咀嚼出形狀

我在台下練習
登頂的刹那　鞠躬的永恆
你用手指揮山海
我用皮膚記錄

巨響從毛孔奔湧
衝撞現實的吸音牆
用共鳴鍛造的釘子
貫串牆外的聲納

我在邊陲　思考
關於風雨的故事
閉目之後
彩虹般的聲線交疊成潛意識的床
詩　在
黝黑之中

*註：二〇一七年十月十五日師友合唱團年度公演觀後有感。

夢見詩人

昨夜夢又來
看我輾轉於星光的被窩
白暹羅貓嘴角沾染橘色月暈
髫鬚指引
整整一夜的風向

「一起午餐？」
電話撥到北回歸線以南的童年
遺傳自長江的腔調不易
翻譯成海岸的呢喃
紮根於同一盆地
青春　總有近似的土香

飽食月華
之後妳思考關於詩　戰爭　性
愛與死亡的起承
轉合是否規律
如一幕幕現代舞

刷下時光的信用卡
疑惑　在左手回憶右手教訓流竄
（誰來買單？）
複利計算的皺紋早已成為生命不可轉貸的不動產

當夜仍未睡
寂寞車廂即將起跑
妳轉身　以
玫瑰般的驕傲迎向晨曦
露珠發燙
睫毛鑲鑽

淡水清夜

一、不老街

候鳥來回縫紉天空
海陸交融　滋味細細待嚐
沾裹金粉的豬血糕與精雕霜糖葫蘆
爭寵酒窩兩側
街道不老
默看悲喜走過

二、歷史燃燒

右轉　上坡
直上百年前破海而來
紅樓似火
燃盡歷史明暗一切對立
來自異國的花種綻放
面海最美的一簇紅

三、水之外

鞋底仍眷戀古樓的風華燦爛
洶湧鹹味已蜿蜒成山路
醃漬青春
配搭終如稀飯的暮年

四、子夜行船

暗中逐蜜的蟻
海上撲火的蛾

月半

睡了嗎　你臉色發黃
冷鋒自八方舞刀
太過思念陽光的圓滿
你努力吃胖
終究只是一艘小船
夜海蕩漾

月光合唱

月之十七、小步舞曲

眾聲俱寂的水泥峰頂　躡足窺探
烏雲背後關於白晝的幻想：
過於明亮的偽善與不經思索的嘈雜

風　饗自被海水暈染的子午線
穿梭
黑
白
之間

月之二十二、私語

一池病態的金黃湖水
越漫欄杆縫隙向我　嘔吐
黑暗之外是距離人間太近的夢囈
等到升上足以被世界仰望的陌生高度
是你不得不回復皎潔的臨界
而隨抬頭滾落的一地驚心
始終注視臉龐
亙古常黑的斑
（夜半無人私語時　私語時）

月之初、子夜無月

只剩靜躺燈塔上方
雲　白到令人心寒
在嫦娥的公寓　肆意狂歡
拖曳今夜值班的星星　點灑
數滴燦亮
微風緊緊相隨
起伏成遠方山巒的呼吸　吞吐
天地的嘆息：城市之夢
習慣熬夜？

月之四五事

總之　是誰也分不清的曖昧
久違的嘴角斜斜勾起玫瑰色之過往
比愛情短
比神話長

兩極

你愛陽光的按摩
我常領受風
冷不防的針灸

藍到發燙的火焰自夏日蔓延
你的國境
冬雪　我已征服的玩具

冰與火之拉扯
世界才不只是圖畫
戀歌　彼此最永恆的建築

讓夢輪休
有人蜷縮如卵
另一方必為翅膀

窗戶緊閉　孵化
明天　玻璃敞開
今日呼吸

我是冬季的獸
冷熱交鋒
你是盛夏繁花

釀愛

共飲此生
從體內　慎重舀出一瓢瓢
水
杯　由微漾到滿盅
愛的鮮鹹
以天堂的高度為保存期限

加糖　在坦然無懼的另一雙眼
以默契為秤　以生活為攪拌棒
一顆　兩顆　三顆
將平淡無味甜美成生之娉婷
一點　一線　一面
從流光閃逝堅持到恆星滿天

無題：眾裡尋她千百度衣帶漸寬終不悔

眾人交疊的灼灼喝問煉盡殘冬之雪在
世界漸老青春正熾的雨巷迷濛
裡面是堅持只飲月華以助眠的
少年回想夢中是否亦醉
尋　詢　巡　循
深埋秋陽的玫瑰花瓣飛揚國小操場
她的二吋笑顏　從紀念冊緩緩走向我
無意驚擾對愛的童稚想像對美的天然渴求
千世輾轉終也暗契兩頰酡紅
玲瓏淑女　歌詩友之
百代彌新的是關雎悠悠
今朝微光的生命甬道自不縛於
度量衡之外嘈雜的眼神

兩朵雲暗暗相濡在人海塵湖

衣袂黯淡只因蚤蠹
蠶食華麗已是慣例當海洋仍盛產傳奇
帶絲緊繫粒粒文字自胸腹嘔出　只因
天秤座流星雨此夜落得比響徹課堂的五絕還急
漸行漸驚漸喜
一筆墨梅劃破金碧山水俯瞰
寬曠大道每日上演的陽關三疊
摻和後現代的肯定與古典的懷疑
終究搖釀成汗淚提味的香醪
舉杯向過往的尋覓
不願喚醒甜蜜的她沉醉的自己
風吹溫柔動的夜不應有恨
懊悔只急凍在一句簡短的盼問　為何
劇本闔上　才懂獨白

愛的劇本

起

自尊心　廉價又昂貴的面具
鍛造　耗盡整片青春
脫卸　當雙眼正視倒影

承

蛀牙或腫瘤的
離開　　空洞
愛與背叛的善

轉

旭日驚醒窗外雲霧繚繞如未來
曚曨膽怯疑惑不前終究向前走
到山海轉彎轉彎以後以後當你
在窄路迷路當我用故事與海浪
救贖斷崖與光在盡頭共舞回首
歸途夕陽溫柔雲霧讓步為新夜

合

藍天虧欠沙漠
荊棘虧欠孩童
花苞虧欠種籽
海洋虧欠河流

冰雪虧欠貧窮
火焰虧欠正義
高山虧欠平庸
坑洞虧欠成功

平安虧欠辛辣
喜樂虧欠憂傷
熱鬧虧欠寂寞
幸福虧欠包容

疼痛虧欠晚霞
懶惰虧欠日月
罪惡虧欠果實
迷惘虧欠字典

紙婚

兩張陌生的紙黏成一位新造的人

家人

男人的鼾　夜夜不熄
牢騷與想像　膨脹如熱氣球
女人的夢　籠罩起落不休的泡泡
旭日是金黃的刺蝟

愛擬一萬年

愛　真的需要一萬年
太多詞彙必須學習　圓唇的解釋
捲舌的譬喻　閉口音的言外之意
從喉嚨深處發出的嘆息……終點
同一輪紅心

琢磨萬年的屋宇　以真金
混搭真情　摻入神賜的幸運
徒手修築彼此身影棲息的誓約
決定交頸　用掌中之羽相互取暖
理性與感性從此共生

幸福與快樂　需要一萬年來檢驗
誘惑三角　四方困境
多邊形的支出　渾圓的期待
美好　由潮水運送
輕重快慢　不再依循冷熱不定的風

我們的心跳　必將遲緩如老狗
肌肉比過度開發的山坡地更快崩壞
青春被秋天碾碎
眼眶嵌入洩氣的球
櫻和杜鵑越來越沉默

木柴或貝殼　塑膠或金屬
手指緊握　就是天地
另一處發亮的家　遠過翼外的雲

萬年之後　愛的流域依舊蔓延
碰撞之後　你我昇華

浪花被天空典藏
果實是純粹的光

寫歌

你是我的節奏
當恐懼被月光牽引到黑洞
口中軟語　喚醒鐘聲
街道如小說跳躍
心事　等待季風改寫

我是你的旋律
當煙霧從城市無所不在的孔竅飄散
春花已老　秋霜還來不及長大
心底閃現夏天般絕對的光
人生　反覆練習的一首新歌

恐怖份子

粉碎距離　破壞隔閡
把心底珍藏的翠玉震盪成長滿珊瑚與暗礁的碧海

在我裡面　無悔
當你瞬間跳入

迴想

單簧管是夜的支流
長笛起落成水面不眠的星光
薩克斯風吹草不動　吹得情動
爵士鼓愛跳舞愛踢正步愛百米賽跑
鈸習慣大聲沉思
小提琴纏繞上下四方
巴松管連通古往今來
法國號喚醒特大號的太陽

手掌拍響時間的節奏
舞台退潮　觀眾席冒出招潮蟹般的足跡

綠島關雲

在山頂圈養白鯨　當雲迎面撲來
每一口呼吸皆為高音　每一縷目光都是星芒
在天空開滿不墜的焰火　當我閉目仰望
風把人越吹越小　直到整座綠島如草飄蕩

輯三

火焰之死　沼澤新生

進

礦坑以微光反抗永世的冷寂
地土　柔軟又堅硬
以內在暗暗的滾燙　綻放
食肉之紅
以世人懼於接受的美麗
上
進

地火

在視線之下沸騰　心臟通紅
高溫致命　連夢都被熔化
盡力保持四肢與想像的彈性　當
厚重土砂凝固成近似永恆的衣袍
地心黑如宇宙
熔岩　下一輪太陽

燃燒之前

你　愛上野獸派的風
耽溺找尋真理的遊戲
在兩座相望到老的紅綠燈之間
行行復行行
戴上名為「人生」的冠冕
格外沉重（當逆時針方向旋轉的秋雨自腳趾
逐漸向上侵蝕）

臨窗放歌
善於傾聽的不鏽鋼窗是唯一必須
哭與笑　都不被滿街耳目同意
請快快拋出此季最高音
以硬度超過愛情的喉嚨：

「生命是火
只噬堅挺的骸骨」
（決定好哪一副五官　親愛的
吶喊　横亙生與死的跨年晚會）

下落

木棉昂起頭顱　等候
鋒面斬首

以果實之姿離席
不做收斂翅膀的蝴蝶蘭

燭淚　煙火　流星
悲傷的墜落終將著陸

烈焰死前
燒盡春天的花心

自焚

烏雲不定期籠罩頭頂
暗中繁殖　過胖的想像與不斷滲水的恐慌
流竄如蟑螂

你們怕黑
點燃手中的鈔票　換取
香頭般的光源　煙霧狀的安慰

火　囂張如裂籠而出的獸
被強迫擺上的祭品　都市
生命　驚嚇成毫無血色的灰燼

地球被燒製為宇宙中乍現的燈泡
依舊照不亮
淩駕於穹頂的隱形軌道

人造的火光　越紅
越燙　纏身的灰霾
明日的窗戶　越厚

忽稀

風太大了　呼吸無法
繼續　雲跑得比新聞還快
樹不斷被節氣凌遲

風越吹越烈　呼吸將殘
如點不著眼眶的蠟燭
火比鑽石還稀罕

風　大到無法呼吸
草彎腰成等待反彈的箭
手電筒是僅存的太陽

火山不會起身　雕像不想靜坐
血液無法自律　眼淚無法退潮
笑無法彎曲　風無法呼吸

霧讀

旖

地球是花園
人　一生都在怒放
錢包裝肥料

餓

雙眼亮過日照
愛情麵包沒兩樣
靠信心防腐

煽

回憶像繁星
以自燃點亮未來
因為你值得

肆

春天戴雪花
夜的裙襬別上不規則霓虹
錯置才時尚

侮

你愛我嗎你
挨我罵你曖昧我
礙你哀我麻

遛

把辦公桌當成腳架
定焦生活的倒影
藝術　風後漣漪

悽

情感的泡泡
慾望反覆挑染
夢是保鮮膜

失調

你要重學如何心跳
當夜咄咄逼近
沉重山丘上　幼稚的草默然不語
左胸赫然化為頑固的鼓
砰膨捧碰　崩甭绷蹦　痌銅捅痛
你意外　生命的節奏竟如報紙頭條之反覆

恐懼　比海水還鹹　包圍
島的前半生　夢的下半場
冷鋒揮過　收割行事曆上所有方格和圓圈
倖存　大大小小如蚯蚓彎曲不定的問號
你須重新
學習睡眠

黑暗狠狠擁抱　眼珠壓縮成子彈
核心的白是等待爆炸的氧
以視網膜補撈　顱內潛意識的回音
空氣只出不進　心跳即將超頻
嘴　早被封條緊吻
我得重學呼吸

風四處流竄　睡意被連根吹斷
一切原地跳動垂直起落的傳統勢必萎靡
蚊一般汲取
蠶一般傾吐
生命的氣息在鼻孔洶湧
喧嘩如潮汐

眼淚如何豢養鯨魚　唾涕如何灌溉春天
嘴角濕意　只夠滋潤孤獨之冬眠
燃燭取暖
肉身卻也如蠟無痛化去
悲劇每日更新
我應重學哭泣

你　懼怕心跳　不懂睡眠的調味
呼吸習慣停滯　我遲疑淚珠的著色
掙扎　扭曲　僵固為白板
抹不去的奇異筆跡
旋律與意境　彷彿
遠方

星
子

光 有 後 死

抗議

曾經以為世界末日：
色彩與時間　集體混亂
尚未紅透的頭顱紛紛落地
忽冷忽熱的刀鋒來回切割
黃如純金的花被習慣漠視
人是陰溝草
黑夜緊縮成柵欄　圈養陰影及其族類
鮮血　大地被敲打出的極光

如一朵裂嘴許久的花　必然
凋謝　星球連同夢境
鐵絲連同唾液　傷口連同歉意
日曆的下一頁依舊翻轉

鳥雀不斷以微弱的歡聲填充
拒馬的空洞　蛇籠的心虛

藍天　是一張破洞連連的網
未來　歌唱如自由的鯨
綠草時時懷抱著長成大樹的夢
巨石攔路
根　期待握住大多數的土

期待只是臍帶
風景　塑形於刀口的開合
當蝴蝶只能貼地行走
翅膀依舊拍動　美麗如海上孤島
身旁巨鞋如沉重的浪　下一輪
飛翔前　必須屏息

海嘯出母音

終輟

風吹砂
彩虹截肢
山巒熔化成沼澤
天空藍被雲與塵稀釋

再也沒有樹洞可以發問
再也沒有紙張需要繳交
再也沒有夕陽給的溫暖
再也沒有姓名需要高舉

唯一從腳印學到的是憤怒與獨立
唯一從課堂湧流的　愛　自行揣摩

魚做不了山羊的老師
二月不是一月的學生
秋有不被發現的孤寂

他有他的枴杖　你有你的
背包　腳踏車　地圖
把所有傷悲磨成顏料
陽光油畫出自動生長的道路

骯畫

東北季風鐮刀狀割來
暗色系的疼痛綿延不絕
島嶼袒胸露肚
冷到罵骯話

車輪濺起砂石大潑墨
濃霧皴筆成工廠的厚黑兵法
天空是被任意塗鴉的廢紙
骯畫　橫亙在只有頭髮看到的高度

雲出岫而無心
煙出爐而有毒

真愛

直到鳥屎冷成雕像頭上霜
直到爪痕在死後繼續解構
才是真
博　愛

金針花

紅的吶喊橙的頌讚黃的宣告
被最初的火吻醒之後　熱情放送：

你的一日
我的一生

輯四

風醒於光

童話風　現實海

童年餵過的那隻蠶終於蠕動到第一座山頭
話語權依舊在更高的空中　由光掌控
風起時　飛往結局的翅膀還在宅急便

現在是幸福　還有一隻手的模型如是說
實境秀每日在螢幕上演　鄰居的家暴總被消音
海峽簇擁著寂寞　我們都是迷路的魚

周而復始

小丑兀立圓球
選手踩踏車輪
鳥喙銜石填海
地球日夜旋轉

周而復始
也是前進

噩夢轉成迷宮
考卷鋪滿桌面
海浪衝撞堤岸
垃圾佔領高台

也是前進
周而復始

椅子

坐著跳舞
坐著孵夢
坐著
飛翔

征服
坐著
喝醉坐著起跑坐著閱讀
坐著

直到
站上

椅子
我們更接近天空

繼續擁有第二張椅子
等待椅子坐在頭頂
高難度
謝幕

植物人

如枝葉般舒展
變化
最期待的果實

死亡的果實

不得不墜落　有時
撞擊柏油與砂石
飽嚐磨擦與斷折
腐爛與荒蕪之外
新聲湧流

價值

曇花的餘音努力環繞
夜色
限時特賣的香水

悼影

昨日的汗水不夠貴重
買不起璀璨明天
停步　當湖光終於靜止
以發亮的波紋為棉被
顛倒過夜

止慟

終將遙遠
花香　山嵐　背影
路皆會走成掌紋
把對方的髮種成松針　在夢中
以嘆息保濕　以歡欣施肥
等待枝葉如心事散開
釋放出足以充飽下一顆夢的氧氣

隨高於世界的風吹送
下一夜　被光見證
呼吸的筆跡不斷
擬作　最深的記憶
車輪顛簸　拼圖逃逸

留白
最多彩的想像

驗屍

毛髮蜷曲
肉骨乾癟
雙手反折

人類與蟑螂
界線
模糊如一生都在流淚的窗

人

飛翔在水墨色的天地
如箭
渴望展翅成鳥
還原為無五官的線條

灰

並不孤獨

每一次頓挫
書寫　飽蘸情緒
直到鐘響
時間匍匐成紙上不滅的畫

絹絲人生

時間如絹絲
生活滿佈暗箭與利剪
破洞與碎片　最常見的勳章
陽光穿孔而過
照亮腦海深處
傷痛　如珊瑚瑰麗
當疤痕裡的火山選擇睡去

自燃

滿天繁星不為我而亮
用筆尖鑿心　迸發
微火點點　鍛燒
宇宙的贅肉

配對

草原適合雷電
大海適合狂風
沙漠適合腳印
山巔適合眼光

舉火為旗的　適合征服世界
沉思　嘴最適合的名諱
月光適合點燈
城市　昏昏欲睡的夢

杯子適合養花
小小的蜜治癒口中瘡
咖啡適合題字
每滴墨水都有葡萄香

兩隻蝴蝶

死亡與智慧的血緣關係
廁所與天堂的距離
蝴蝶　靜靜標註
如一枚書籤
收折翅膀

屋頂洩密
天　如花瓣
蝴蝶　衝撞四壁
不願重蹈繭中的黑
生命　另一顆待破的蛹

異想

夏季的雪從銀河流向
月光戲水的山腰
藍馬疾躍
佇立遠山寥寥

體內的雨下得比親吻睫毛的水珠更加熱切

此地一別
撒野的四蹄再無勇氣向世人安靜訴說
雪與月的意外相遇　當
颱風順時針愉快舞過

春誤

夕陽迷路
霧　攔阻晚霞流成夜
勒索名為邏輯的保護費

夏截

七月斜陽輕輕舔舐
距眉毛三個鞋印之外欲言又止的一小潭
積水　身世曖昧……
當南風勤奮吹紅灰白大樓頂端
努力維持　最後一抹笑
操場上自轉的球鞋
徹底遺忘與我筆記本上關於夏天
關於自由的短詩
究竟已幾度相遇

青草陸續沉睡
星子、鉤月與落日的三角習題
請交給喧鬧的發光的夜　　討論

狂草

無光之夜
芒草搖曳成柔軟閃電
刺天

冬禁

放下雲的天空
放下葉的樹
放下翅膀的夜鷺

只剩影子在湖面作畫
只剩丘陵在風中靜坐
只剩珍奇異獸在螢幕嘶吼

塗鴉或靈光
抗議或領悟
遊戲或馴化

星點冷冷

溯寫

雲是天上的島
島是壓海的雲
珊瑚是潮底城
我是陸地的鯨

路

大日煌煌
樹蔭是汗水與渴望的專用道

晚風淡涼
霓虹是今夜
最後的秘徑

山間燈火
亮成市郊的星座
傳說　飛鳥　行人
散步為永不磨滅的指標

日子

晚霞　白晝最美的遺產
樹枝不斷伸手竊取
鳥也悄悄啄食
飛機和煙囪競相以或黑或白的廢氣——切割天空

夜　窮困的遺腹子
以零星之光哺乳
遍地的夢
嗷嗷

辯

是　草地上渾圓發冷的骷髏頭
不　是坡邊低頭嚼食黑夜的弓背白貓
是　一枝枝以歲月為毫的筆
不　是一枚枚被地心引力誘拐永不回頭的髮
是　悄立樹梢伺機消滅所有色彩的暗光鳥
不　是倒懸且向右斜擺的月牙
是　以臉為帆以手為槳的逆風小舟
不　是堅持暗中有光的螢火蟲

一半

路　走了一半
雲在遠方繼續堆疊
閃電終於成熟　重重
劃出天地間最直接的曲折

抵達死亡之前生命是不斷擴張的龍捲風

雨　就該下成露珠或湍流
山林總高高在上　俯瞰
腳印顛簸　情緒迴盪
城市因心事助燃

守夜人

盼望夜長滿光
以星子為糧

用書本垂釣
滿載泡沫

時間陪著聲音共同搬演安靜的荒謬
時間陪著眼睛共同放空讓知識流動

黑板之所以黑
憂鬱之所以藍

用星光燃燒黑
用生命陪伴夜

月亮升起前　務必記得
請勿停車

夢中駕駛

後青春期　你活得像砂石車
把土氣當作命運
把壓迫當作冠冕
把危險當作榮譽

中年以後　我活得像聯結車
用自己的臃腫　拉扯他者超載的期望
每次轉彎　都怕心被甩尾
花被絞碾　在每一塊潛伏如地雷的盲區

終點逼近　他才學著開一輛客運
習慣寂寞滿座　疾駛於鬧區的街巷

體會風光充盈　緩行在荒曠的鄉間
直至尖銳到足以切割時間的鈴聲驟然響起

讓自己跟著早已遠離的乘客安然下車
讓心深處反覆搬演的車禍　沉澱

很久沒海

芋仔蕃薯都是外人
風　島嶼唯一的原住民

波濤皆孤兒
陸地　唯一的原鄉

說一口歌謠般的母語
等一艘如潮汐般守信的船

我們都是被子宮排擠的棄嬰
在單行道學會迷路　在珊瑚礁前才敢釋淚

深潛　捕捉藍以外的色調
打包今日的餘暉　替夢中新的一頁水彩

很久沒海
忘了如何跳舞　凝視　轉身

遙忘

鳥在山中
坐忘

山在鳥中
逍遙

賦活

矮丘頂端　偽造的石雕神像憨憨笑著
小孩在牆角猶疑捉與被捉的異同
所有謎底都有發酵的刺鼻味
高架橋瞬間醒來　當年老的車輪決絕衝刺

不願記住名字的那隻鳥從北到南不斷踱步提醒：
生活是慌慢
迷宮如子宮

輯五

天糖

蜻蜓

輕輕　停止所有
車輛的咆哮　風的警戒
翅膀　薄如秋陽
信心卻比整隻夏天更重

翅膀被霧霾包裝成無法寄出的禮物
複數的眼光將一切逆向都看成衝浪

以全身為筆
點畫　生之瞬間
天空閱讀每一步
命定的足跡　輕輕

裂縫

慾望似暴雨傾注
高樓開始發癢　抓撓　撕扯
以恐懼攻擊自己的毛皮肉骨

新的太陽　爆炸誕生

裂縫透光
軟如嬰啼

芭蕾

爸　我有點累
以正直的腳尖支撐自己
雙手揚起如積極的枝條
眼神堅定　更勝穿越死亡與孤寂的星光
口齒還得汩汩湧流
溫泉與春風

爸　我累了
粗暴的攻擊發生在溫馴的斑馬線
僵冷臉龐　硬過烙鐵
愧疚是灰色的氣音　只迴盪在古老宮闕
無奈竟如面具
掛滿台前

你會累嗎　爸
你也曾旋轉如花苞如方向盤如隕石
你也曾等候如天鵝如蟬如塵埃
你也曾高舉理想如琉璃如標槍如火炬
你也曾奔跑　為了海水之藍　草地之青
光之自由

爸　我不該像含羞草
累
與低垂
淚水會像流沙　偶爾
有時　腳步似颱風
心跳是地震　經常

如日出般刺眼的噪音　領唱
城市的主旋律
雙腳是扁平車輪　自轉如行星
以看不見的數字為永恆的軌道
柏油面煎熬著
一尾無法翻身的魚

霧籠罩高樓　天空　前路
雷　依舊炸自心底最深的夢鄉
直挺　圓滿　律動
不聽世界傳來的掌聲與鼾聲
你　坐在永恆的貴賓包廂注視
我

從一粒句點轉成無懼的芭蕾

最美

一步步爬至頂樓
城市再也不能攔阻價值長大
夜是我的底片
星從高處打光
浸染生死之間纖維般的氣息
眼　閃成裱褙精美的相框

我們是辛勤一世的時鐘
心跳不停催促
血管　毛髮　信念
所有曾筆直的皆被世界扭轉
你堅持　以心中的小孩為基點
指針逐漸描摹出最為滿足的圓

太陽從深黑的棉被甦醒
你我閉目
日出　反覆映畫

木雕課

從山巔水涯
看不見的地方　你揀選
枝節叢生的他
蓬頭垢面的我
用刀切砍
腦的贅肉　心的黴菌
拔除身軀之雜草
痛　茫然之後的必然
光　遠方矇矓卻溫暖的燭
如喙啄取體內深藏的毒蟲
你深深催喚
鷹
降落成凡人的翅膀

以光　以風　以水
我們成形
刨斷　擦磨　漆潤
曈仁向天

恩點

每一片碎玻璃　都有
專屬的一點　光
亮在眼的俯視

心上刀

希望懸掛遠方　腹內山河破碎
憤怒與悲傷尖銳成一根根傷人的刺　從口
長成自卑的仙人掌

甘霖未落之前　腳印一再確認
光　閉目時格外燦亮
等候　稻穗因汙泥熟透

重生

掙扎吶喊的兩滴淚
油鍋中翻騰
一顆珍珠

驚喜

隕石偷襲之後
塵埃潸然落下
坑洞　以時間縫補
傷害是最有機的肥料
旋轉　咀嚼回憶後必備的健身運動

痛苦
夜空最動人的星環

基督是聖誕節真正主角

基石　時間滾動前早已安放
督促世界成形的光
是愛燃燒後的禮物
聖殿敞開　音符勾連出希望的輪廓
誕生於白雪與黑夜的交響　未來以信念孵化
節節高升　喜樂如遍佈四極的嫩芽
真理以平安作為包裝　滿足每副眼眶的飢渴
正軌　鋪設在宇宙運行的邏輯之上
主旋律依恩典的方向反覆吹奏　試圖喚醒
角度傾斜後　搖搖欲墜的恆星

後記：澤下舞風

二〇一九年，動盪連連。從指導教授柯慶明老師的猝然離世，到香港的凶險政局，在在都提醒我，此時此刻還能在島嶼一隅寫詩、圓夢，是多麼難得而又脆弱的幸福。

對我而言，寫作——不論是小說、散文或詩——從來都沒有為生活或為藝術的糾結：因為生活與藝術，本就是手足；於是詩之創作，即可視為在最現實不過的日常中，捕捉稍縱即逝的剎那，並將之醞釀、鍛造、潤飾，成為高踞生活頂端的星辰，替記憶點燈、替靈魂指路。

而從二〇一三年出版首本詩集《野獸花》至今，我最大的改變就是，終於忍受不了如沼澤般凝滯的舊貌，終於劇烈踏出了跨越的實際步伐——從台北到台東、從高職到高中、從博士到兼任助理教授。感謝在這一連串過程中，各式或微渺或具體的幫助；雖然，在衝刺般的跨越結束之後，不可避免的又是另一輪如蝸牛的緩步。

或許生命的衝突、對立、凝滯，亦是一種天賦人權：從小時候看的第一本星座書開始，我就極端歡喜自己誕生於靈動不羈的風象領域——不過，剛好介於交界處的我，在往後的每一處占星專欄、星座網站裡，卻再也與水瓶無緣，而總被告知自己是誕生在魔羯的邊陲、土象的疆界；這彷彿就像是一種來自星空的隱喻，風與土、靈動與冷靜、浪漫與踏實，在體內爭戰不休。與此內在狀態呼應的是，從我國二自中正預校轉到普通國中就讀開始，夢想與現況的拉鋸，便一直為生活的常態——前者像是對歌手、詩人、學者的嚮往與嘗試，後者則是為了謀生而必須自大學時期開始便持續工作的壓力。

於是《沼澤風》的成書，對個人生命最大的意義便在於，它見證了我漫長而已初步終結的分裂，暗示了儘管是超過日常界線的兩極——亦即心靈之自然與現實之自然，亦有連結、融合的可能；儘管，失敗是矛盾常見的後遺症，而成功則是必須耐心等待的流星雨。

誰能於澤下舞風，鼓吹整座沼澤隨呼吸而飛翔，並在漸行、漸遠、漸闊的旅程裡，塑泥為山、激水成海，將遲緩、黏稠之中的滿滿物種傾吐為宇宙內外的熠熠繁星？自勉之。

二〇一九年十月寫於台東

語言文學類　PG2273　台灣詩學同仁詩叢02

沼澤風

作　　者／朱　天
主　　編／李瑞騰
責任編輯／石書豪
圖文排版／林宛榆
封面設計／蔡瑋筠

發 行 人／宋政坤
法律顧問／毛國樑　律師
出版發行／秀威資訊科技股份有限公司
114台北市內湖區瑞光路76巷65號1樓
電話：+886-2-2796-3638　傳真：+886-2-2796-1377
http://www.showwe.com.tw
劃撥帳號／19563868　戶名：秀威資訊科技股份有限公司
讀者服務信箱：service@showwe.com.tw
展售門市／國家書店（松江門市）
104台北市中山區松江路209號1樓
電話：+886-2-2518-0207　傳真：+886-2-2518-0778
網路訂購／秀威網路書店：https://store.showwe.tw
國家網路書店：https://www.govbooks.com.tw

2019年12月　BOD一版
定價：250元

國家圖書館出版品預行編目

沼澤風 / 朱天著. -- 一版. -- 臺北市 : 秀威資
訊科技, 2019.12
面； 公分. -- (台灣詩學同仁詩叢 ; 2)
BOD版
ISBN 978-986-326-753-9(平裝)

863.51 108018265

讀者回函卡

感謝您購買本書，為提升服務品質，請填妥以下資料，將讀者回函卡直接寄回或傳真本公司，收到您的寶貴意見後，我們會收藏記錄及檢討，謝謝！

如您需要了解本公司最新出版書目、購書優惠或企劃活動，歡迎您上網查詢或下載相關資料：http:// www.showwe.com.tw

您購買的書名：＿＿＿＿＿＿＿＿＿＿＿＿＿＿＿＿

出生日期：＿＿＿＿年＿＿＿＿月＿＿＿＿日

學歷：□高中（含）以下　□大專　□研究所（含）以上

職業：□製造業　□金融業　□資訊業　□軍警　□傳播業　□自由業

□服務業　□公務員　□教職　□學生　□家管　□其它＿＿＿

購書地點：□網路書店　□實體書店　□書展　□郵購　□贈閱　□其他

您從何得知本書的消息？

□網路書店　□實體書店　□網路搜尋　□電子報　□書訊　□雜誌

□傳播媒體　□親友推薦　□網站推薦　□部落格　□其他＿＿＿＿

您對本書的評價：（請填代號　1.非常滿意　2.滿意　3.尚可　4.再改進）

封面設計＿＿　版面編排＿＿　內容＿＿　文／譯筆＿＿　價格＿＿

讀完書後您覺得：

□很有收穫　□有收穫　□收穫不多　□沒收穫

對我們的建議：＿＿＿＿＿＿＿＿＿＿＿＿＿＿＿＿

請貼
郵票

11466
台北市内湖區瑞光路 76 巷 65 號 1 樓
秀威資訊科技股份有限公司 收
BOD 數位出版事業部

（請沿線對折寄回，謝謝！）

姓　　名：__________　年齡：______　性別：□女　□男

郵遞區號：□□□□□

地　　址：__________________

聯絡電話：（日）__________（夜）__________

E-mail：__________________